ART ET SOCIALISME

Aux Socialistes et aux Artistes

Ces quelques pages s'adressent à la fois aux socialistes et aux artistes.

Aux socialistes, je voudrais faire bien comprendre combien il est indispensable qu'ils s'intéressent aux choses d'art. La vie supérieure de l'humanité ne peut leur être indifférente. Poursuivre des améliorations matérielles, c'est bien; mais c'est insuffisant. Notre marche en avant vers la Société Future exige des transformations morales et intellectuelles autant que des transformations économiques. Toutes ces évolutions doivent marcher de pair et nous devons les provoquer toutes et les soutenir avec une égale sollicitude si nous voulons réaliser un jour la Révolution Sociale. La déclaration du Parti Ouvrier Belge le dit avec infiniment de raison, en termes formels. C'est une déplorable erreur que de considérer l'art comme le délassement frivole de gens riches, de penser que les artistes ne sont que des oisifs inutiles ou même nuisibles. Trop de circonstances, malheureusement, peuvent parfois à l'époque actuelle, justifier ces préventions; il faut que nos amis s'en dégagent, qu'ils se persuadent de la puissance et de l'utilité suprèmes de l'Art, l'une des plus nobles forces sociales, l'un des plus éclatants modes de la libre expansion de la personnalité humaine. Loin de le mépriser ou de le haïr, il faut l'honorer ou l'aimer, le conserver précieusement pour les hautes jouissances qu'il réserve à ses élus.

Je voudrais de même montrer aux artistes combien sont injustes les préjugés que la presse bourgeoise a fait naître chez eux à notre égard. Elle aime à nous représenter comme soucieux uniquement d'intérêts matériels, décapités de toute préoccupation élevée, et quand elle parle de l'avènement socialiste, c'est avec des accents éplorés, comme s'il s'agissait de l'invasion de nouveaux barbares. A l'en croire, notre triomphe serait le signal de vandalismes effroyables. Rien n'est plus absurde. Il ne sera point difficile, je pense, d'établir que la situation de l'Art et des artistes serait bien meilleure dans une société socialiste, mais je crois même pouvoir affirmer que la renaissance des arts décoratifs, tant cherchée aujourd'hui, n'est possible qu'en suite d'une modification des conditions économiques des travailleurs, n'est réalisable que par le socialisme.

Afin de provoquer chez les uns et les autres quelques réflexions sur ces sujets, il peut n'être pas inutile d'examiner rapidement, au point de vue spécial de l'action gouvernementale en Belgique, les rapports de l'art et du socialisme.

L'Art et les anciens partis

La Belgique est une nation pacifique et dont la neutralité est garantie par des traités et l'équilibre nécessaire des intérêts de ses puissants voisins, et son budget de la guerre s'élève à 50 millions. C'est aussi une nation justement fière d'un passé artistique glorieux, et son budget des beaux-arts atteint à peine 2 millions. C'est encore une nation laborieuse et industrielle entre toutes, et son budget du travail était, jusqu'en ces dernières années, de zéro.

Ces chiffres sont singulièrement éloquents : ils nous apparaissent, à nous et à bien d'autres, comme le renversement de l'ordre normal des choses. Il semble que le gouvernement ruine le pays en dépenses inutiles et improductives, celles de la guerre; qu'il est d'une parcimonie mesquine pour les dépenses utiles et agréables, — celles

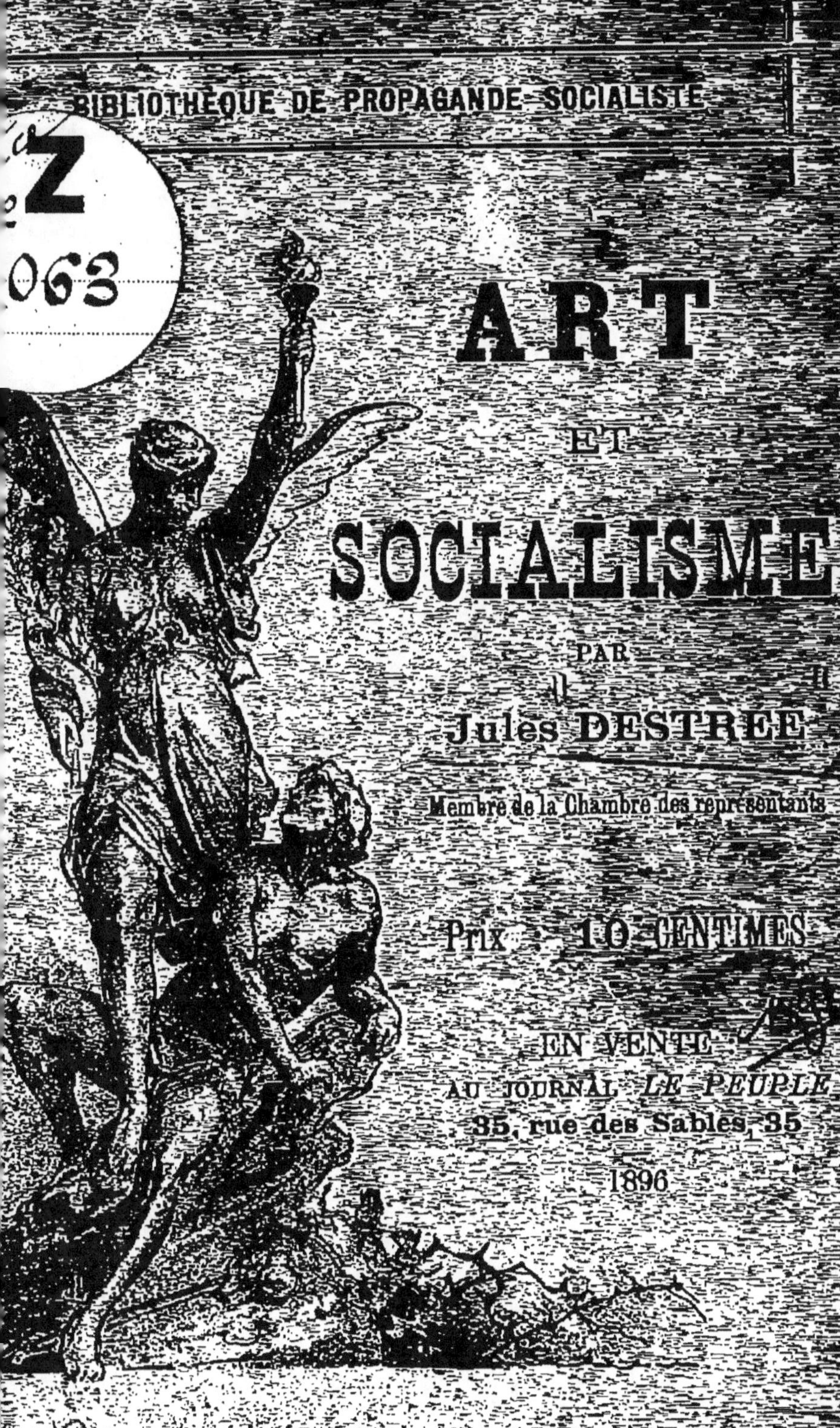

L'ART

ET

SOCIALISME

PAR

Jules DESTRÉE

Membre de la Chambre des représentants

Prix : 10 CENTIMES

EN VENTE :

AU JOURNAL *LE PEUPLE*
35, rue des Sables, 35

1896

pour les sciences et les arts ; qu'il est d'une ladrerie coupable pour les dépenses sacrées et indispensables, — celles pour le travail.

Rien ne montre mieux le contraste des idées nouvelles que nous apportons avec celles qui, de tout temps, ont été celles des dirigeants ; car la critique ne s'adresse pas seulement aux catholiques, c'est depuis toujours qu'il en est ainsi ; depuis toujours cette situation a été acceptée, admise sans protestation et transmise des libéraux aux catholiques, des catholiques aux libéraux.

Les deux partis qui ont alterné aux affaires pendant plus de soixante ans leurs superficiels antagonismes, ont été tous les deux également oublieux du peuple et incapables ou injustes vis-à-vis des artistes. Les uns comme les autres ont été, à ce double point de vue, en dessous de leur mission gouvernementale, et le travail intellectuel ne fut pas mieux honoré par eux que le travail manuel.

Ils eurent un dédain pareil pour ceux qui peinent et pour ceux qui pensent. Soucieux du confortable, de la classe, les partis bourgeois se protégèrent admirablement. Ils organisèrent de façon parfaite les intérêts bourgeois, les moyens de faire des affaires furent perfectionnés à souhait, mais la desséchante adoration du Veau d'Or devait exclure à la fois la pitié pour les misères des humbles, et l'admiration, l'enthousiasme pour les splendeurs de l'art.

L'Art et le Parti socialiste

Il eût été assez compréhensible que les socialistes fussent dédaigneux vis-à-vis de l'Art et des artistes, et que la plèbe souffrante eût considéré comme absolument inutiles les poètes et les peintres.

Mais, au contraire, — phénomène inattendu et consolant, qui montre bien les ressources infinies qui existent dans ces masses profondes, — nous avons pu constater que les populations wallonnes avaient compris et accepté le socialisme dans son caractère intégral. Elles en ont perçu la portée lointaine, dépassant singulièrement les débats politiques coutumiers. Elles y ont vu une foi nouvelle, une révolution complète, non seulement économique, mais scientifique, esthétique et morale, révolution impliquant la transformation de tous les facteurs sociaux, de toutes les influences qui agissent sur les destinées humaines.

Au nombre de ces influences, il n'y en a certainement pas de plus nobles et de plus fécondes que celles de la Science et de l'Art. Nul homme cultivé ne contestera cette assertion, et parmi les âmes obscures des plus déshérités, auxquels le régime bourgeois a si parcimonieusement mesuré la lumière et auxquels les partis réactionnaires ont refusé l'instruction obligatoire, il y a de cette vérité une perception confuse.

L'ouvrier a le respect de l'intellectualité ; le travailleur sait vénérer le travail partout où il le découvre ; et si, parfois, des confusions peuvent se produire, par suite de la moindre évidence immédiate des fatigues du cerveau, il n'y a là que des malentendus faciles à dissiper. Le travailleur manuel, aussitôt qu'il s'est rendu compte de la réalité du travail intellectuel, sait l'honorer et le respecter ; nous avons toujours trouvé l'homme du peuple plein de déférence et de sympathie chaque fois qu'on lui a parlé de l'Art ou de la Science. Entre le travailleur intellectuel et le travailleur manuel, il peut y avoir des méprises, mais il n'y a point l'antagonisme que rêvent nos ennemis ; au contraire, l'entente est inévitable et nécessaire. Quand Karl Marx lança son cri de ralliement : « Prolétaires de tous les pays, unissez-vous! », il s'adressait non seulement aux ouvriers industriels, mais à tous ceux qui souffrent de l'organisation capitaliste actuelle.

Et cela est si vrai que les artistes qui ont commenté sa pensée : Walter Crane en Angleterre et Steinlen en France, dans les estampes superbes qu'ils firent pour célébrer le 1er Mai, nous ont montré dans les foules en marche vers l'inconnu radieux, des paysans et des mineurs, des gens de lettres faméliques et des peintres, des forgerons et des pêcheurs, tous ceux de la plume comme ceux du marteau, ceux du pinceau comme ceux de la bêche, tous ceux qui peinent et qui souffrent pour œuvrer !

Notez cet aspect : il n'en est point qui affirme mieux

l'ampleur du socialisme. Si comme certaines personnes sont tentées de le croire, il se réduisait à la discussion de quelques réformes législatives, il se rappetisserait aux proportions d'un accident local et passager, telle par exemple, la démocratie chrétienne. S'il se bornait à demander uniquement l'amélioration de la condition matérielle des travailleurs manuels, le socialisme ne se lèverait point sur le monde comme une aube nouvelle, tant redoutée des uns, tant espérée des autres.

Ce mouvement qui passionne si prodigieusement les sociétés contemporaines, n'est pas né de la seule détresse des estomacs creux, ce n'est pas seulement une question de sasisfactions d'appétits qu'il s'agit de résoudre ; le débat est plus haut encore, ce sont des conceptions inédites du mode de gouverner, c'est un idéal nouveau qui se pose et s'affirme, comme tel, vis-à-vis du vieux monde !

Pour la solution des difficultés redoutables de ce grand conflit, toutes les bonnes volontés devraient être mises en œuvre, tous les efforts utilisés et la Science et l'Art ne sont point de trop pour aider les œuvres de l'Equité.

Cela ne fut pas entièrement dès le début ; on put parfois taxer d'utopiques certains programmes socialistes de jadis. Les grands précurseurs français eurent des intuitions merveilleuses, mais peut-être n'étaient-elles pas appuyées sur des démonstrations suffisamment rigoureuses.

Mais depuis cinquante ans, la doctrine s'est fortifiée. Des savants sont venus étudier avec patience les faits et débrouiller les lois des phénomènes économiques ; par des statistiques et des chiffres, ils ont justifié les devinations des premiers sociologues, les aspirations confuses des masses ouvrières et des artistes aussi sont venues, des orateurs et des écrivains ont facilité par la propagande les évolutions prochaines. De plus en plus, la théorie se discipline et se coordonne ; de plus en plus, le socialisme est devenu scientifique et intellectuel.

C'est qu'aussi la poussée prolétaire a reçu une impulsion notable de certains échappés de cette bourgeoisie contre laquelle elle est dirigée. On a vu certains éléments aventureux quitter la classe des possédants pour aller vers les meurt-de-faim et les va-nu-pieds.

Ce phénomène social s'est produit, il y a à peu près un siècle, dans des conditions identiques. On pourrait l'observer à tous les moments de l'histoire des peuples où se prépare un changement complet de l'idée dirigeante. En 1789, la révolution française dirigée contre les privilèges de la noblesse fut préparée et en grande partie faite, au début, par les éléments audacieux et remuants de l'aristocratie, par des nobles qui avaient compris l'absurdité et l'injustice des privilèges de leur classe et qui s'étaient tournés vers la bourgeoisie. Ils n'en furent peut-être que médiocrement récompensés; ils furent, alors, comme aujourd'hui, taxés d'ambitions malsaines et calomniés, mais qu'importe! Alors, comme aujourd'hui, c'est aux séductions mystérieuses d'un rêve de justice qu'ils obéirent; ce sont les mêmes attractions invincibles qui détachent chaque jour, des rangs de la bourgeoisie, tant de jeunes âmes passionnées.

C'est cette fusion harmonieuse des intellectuels et des manuels, c'est la combinaison de ces deux forces également nécessaires qui donne au socialisme tant de puissance. Ce développement se manifeste partout, et chez nous peut-être plus évidemment encore que dans d'autres pays, en un double mouvement parallèle : l'un, des intellectuels vers le peuple pour aller partager avec lui les richesses de la science et de l'art; l'autre du peuple vers l'intellectualité, dans un bel effort de se hausser et de s'instruire. L'empressement de l'ouvrier à écouter l'homme de science fut aussi marqué et aussi digne d'éloges que l'empressement de l'homme de science à aller enseigner l'ouvrier. Il y a là une double évolution dont le socialisme belge a le droit d'être fier.

Diverses œuvres déjà ont attesté, par des réalisations effectives, les tendances dont je fais honneur au Parti ouvrier. Les séances de la Section d'Art, à la *Maison du Peuple* de Bruxelles sont trop connues pour que j'y insiste. On trouverait d'ailleurs d'intéressants détails sur leur organisation dans l'*Annuaire* publié chaque année. L'exemple a été suivi également en province.

On a pu citer encore pour la collaboration prépondérante qu'y ont apporté les hommes du parti socialiste, l'*Extension universitaire* et l'*Université nouvelle* de Bruxelles (1).

Raison des devoirs de l'Etat vis-à-vis de l'Art

L'Etat doit entretenir et conserver les richesses nationales léguées par le passé, les augmenter et les mettre à la disposition de tous. Cette obligation n'a jamais été contestée et il n'est pas besoin de la justifier. Mais doit-il aller plus loin et encourager et subsidier l'art actuel. Doit-il aux artistes une protection spéciale qu'il ne doit pas aux autres modes d'activité humaine? Nous pensons que oui, pour les raisons suivantes :

L'Etat doit protéger les artistes et ne doit pas protéger de la même manière les cordonniers et les pharmaciens, par exemple, parce que les valeurs créées par les premiers sont absolument différentes, comme caractère et comme nature, de celles fournies par les seconds.

Lorsque le pharmacien a fait une boîte de pilules, lorsque le cordonnier a confectionné une paire de chaussures, le produit de leur travail à tous deux aura une destination déterminée et strictement limitée, il se consommera et s'épuisera par l'usage qui en sera fait. Au contraire, l'œuvre d'art n'a pas ce caractère de relativité et de contingence; elle a une inépuisabilité en quelque sorte absolue, et nul ne saurait dénombrer et préciser les sensations agréables, les émotions grandes et généreuses qu'elle peut susciter. Les chaussures s'useront, les pilules produiront ou ne produiront par leur effet; l'œuvre d'art, après avoir été contemplée par des milliers d'hommes, pourra l'être encore par d'autres milliers et donner ainsi d'une façon presqu'infinie de nouvelles jouissances à l'humanité. En faut-il des exemples? Qui comptera les nobles et sereines pensées qu'ont engendrées les marbres

---

(1) Pour tous renseignements sur ces deux excellentes institutions d'enseignement, s'adresser rue des Minimes, 13, à Bruxelles.

de la Grèce? Qui fera le calcul des consolations tombées des voûtes des cathédrales gothiques? Combien a-t-elle enflammé de courages la chanson sacrée que clament les foules en marche vers l'avenir, la *Marseillaise*?

Et statues, édifices, chansons et poésies, après avoir tant réjoui de cœurs et élevé d'esprits, sont toujours immortellement jeunes, aussi vivantes, aussi inépuisables que jadis, toujours prêtes à donner à ceux qui savent les comprendre les mêmes sensations sublimes. Ce sont des fontaines aux ondes toujours fraîches, jamais taries, auxquelles viennent boire successivement les générations assoiffées de beauté.

L'intervention de l'Etat se justifie encore par une autre raison, d'ordre plus pratique : c'est que, même en faisant abstraction des frais et des dépenses souvent considérables que doit supporter un artiste pour mettre au monde son œuvre, celle-ci n'est pas toujours immédiatement lucrative.

Le cordonnier et le pharmacien, dont je vous parlais tout à l'heure, ont, une fois leur besogne finie, produit une valeur dont ils peuvent généralement obtenir la rémunération équitable, tandis que l'artiste, surtout lorsqu'il a créé un chef-d'œuvre, ne peut songer à en obtenir cette rémunération. Ce n'est qu'après plusieurs années, et souvent après la mort de leur auteur que les œuvres d'art sont comprises et appréciées, que leur valeur d'échange se fixe et se précise. La vie de tous les grands artistes est là pour donner une triste confirmation à cette vérité. C'est l'histoire de tous, des littérateurs comme des peintres. Les meilleurs ont vécu dans une pauvreté relative, quelquefois dans la misère. Après eux, leurs œuvres enrichissent des marchands et des spéculateurs. Je pourrais en donner de nombreux exemples ; en voici un des plus nets :

Des œuvres de la peinture moderne, il n'en est pas dont la valeur commerciale se soit plus multipliée que celles de F.-J. Millet. Un seul de ses tableaux s'est vendu naguère plus d'un demi-million. Eh bien, toute la vie de Millet fut misérable, et je relevais l'autre jour, dans l'étude que lui consacra Alfred Sensier, ce poignant fragment d'une lettre du peintre de l'*Angelus* : " Songez, mon cher Sensier, que nous n'avons pas quarante sous à la maison. Et voilà vingt ans que cela dure ! » Et ce grand homme a plusieurs fois agité la question du suicide, aimant mieux en finir tout d'un coup que de voir ses enfants dépérir lentement sous ses yeux, malgré ses efforts et son obstination dans la lutte. Un jour, dit Alfred Sensier, qui avait été le confident le plus intime de sa vie besogneuse, Millet échangea six de ses plus importants dessins contre une paire de souliers !

En raison de la nature particulière des valeurs qu'il crée, les conditions sociales ne permettent donc pas à l'artiste, même laborieux et méritant, de retirer de son travail la rémunération que les années ne tardent pas à accorder à des intermédiaires. L'Etat doit donc intervenir et l'aider dans la mesure du possible afin que la misère aux doigts d'avorteuse ne vienne point empêcher la naissance d'œuvres qui doivent être utiles à tous.

Que l'Etat s'efforce donc de développer les richesses artistiques que peut produire le pays ! Sur ce point, l'accord paraît unanime. Mais doit-il aller plus loin ? Doit-il, non-seulement encourager, mais récompenser l'art, lui donner des couronnes et des distinctions, déclarer quelles écoles ont ses préférences, quelles sont celles qui n'en sont point dignes ? Je n'hésite pas pour la négative.

Lorsque l'Etat apprécie et dirige l'art, il excède sa mission. Il fait éclore l'art officiel, pour lequel je ne me sens aucune sympathie. On a pu justement le définir : un art particulier qui a cela de singulier que ce n'est pas de l'art, mais seulement un bon métier.

Nous voulons, nous socialistes, encourager l'art et soutenir les artistes, mais avec le plus large éclectisme. Nous ne voulons pas les domestiquer, mais leur laisser toute liberté. Et nous n'admirons pas un artiste parce que socialiste, mais parce qu'il est artiste et qu'il produit des chefs-d'œuvre.

Nous savons qu'il faut à l'art une indépendance absolue. Nous savons que lorsqu'on prétend le diriger, on l'étouffe et il meurt. Nous sommes avec Courbet, le communard, refusant la décoration qu'on lui avait offerte et écrivant au ministre la lettre fière dont j'extrais ce fragment : « Mon sentiment d'artiste ne s'oppose pas moins à ce que j'accepte une récompense qui m'est octroyée par la main de l'Etat.

« L'Etat est incompétent en matière d'art. Quand il entreprend de récompenser, il usurpe sur le goût public, son intervention est toute démoralisante, funeste à l'artiste qu'elle abuse sur sa propre valeur, funeste à l'art, qu'elle enferme dans les convenances officielles et qu'elle condamne à la plus stérile médiocrité; la sagesse pour lui serait de s'abstenir. Le jour où il nous aura laissés libres, il aura accompli vis-à-vis de nous un devoir.

« Souffrez donc, Monsieur le ministre, que je décline l'honneur que vous avez cru me faire. J'ai cinquante ans et j'ai toujours vécu libre, laissez-moi terminer mon existence libre; quand je serai mort, il faudra qu'on dise de moi : Celui-là n'a jamais appartenu à aucune Eglise, à aucune Académie, surtout à aucun régime, si ce n'est le régime de la liberté. »

L'Art dans la Société Collectiviste

Mais, me dira-t-on, vos idées quant au temps présent n'ont sans doute rien de subversif, mais plus tard ? Quand toute propriété individuelle sera supprimée, qui achètera encore des tableaux ou des livres ? Quand le régime nouveau aura fait disparaître le luxe et la prodigalité des Mécènes, que deviendront l'art et les artistes ?

C'est raisonner fort mal et confondre, comme on ne le fait que trop souvent, deux choses très différentes : les moyens de production et les objets de consommation. Nous voulons socialiser les premiers, mais nous ne nous sommes jamais opposés à l'appropriation individuelle des seconds, qui est d'ailleurs fatale. Dans la société collectiviste, chacun restera maître d'orner son vêtement et de parer sa maison comme il lui plaira, chacun pourra disposer du fruit de son travail et l'employer à sa satisfaction préférée; l'art pourra donc subsister quand même; mais est-ce à dire que rien ne sera changé ?

Oh! bien au contraire! Le domaine national, d'abord, sera augmenté dans des proportions dont nous ne pouvons avoir aucune idée; à mesure que des lois protectrices des humbles auront assuré aux foules plus de loisirs et de bien-être, les besoins intellectuels s'accroîtront sans cesse; il sera permis à tous de s'intéresser aux sciences et aux arts. Il faudra gonfler de trésors nos collections nationales, nos musées, nos bibliothèques. Il faudra les multiplier jusque dans les centres secondaires. Partout, naîtront des besoins nouveaux d'instruction et d'émotion esthétiques.

De plus, un autre changement se fera dans les esprits. La solidarité s'étant développée jusqu'à des degrés que notre égoïsme actuel ne peut s'imaginer, chacun s'habituera à jouir des propriétés publiques comme on jouit aujourd'hui des propriétés privées; chacun goûtera le charme de marcher dans les promenades publiques ornées de statues, la joie de voir dans les musées nationaux les œuvres qu'il aime, la satisfaction de consulter dans les bibliothèques de l'Etat les livres et les documents nécessaires à ses études; et la promenade dans un beau parc, l'admiration du tableau, la lecture du livre, n'est-ce point tout ce que la propriété peut donner de meilleur? qu'importe que le parc, le tableau ou le livre ne m'appartiennent pas matériellement si j'ai été admis à toute la jouissance qui s'en pouvait déduire, si je puis recommencer demain et chaque fois que la fantaisie ou le besoin m'en prendra? Et n'est-ce pas un bonheur de plus de penser que d'autres âmes fraternelles le peuvent à leur tour, de penser que dans mon contentement, il n'y a point de privation ni de peine pour autrui?

Cela ne vaudra-t-il pas mieux que la propriété individuelle d'aujourd'hui, dont le plaisir est fait de l'humiliation du prochain? A présent, on a des tableaux par ostentation et vanité; on les montre avec une joie ravivée par le dépit de celui qui les regarde, sentiments égoïstes et sots; car l'œuvre d'art est bien plus possédée par celui qui la comprend que par celui qui la paye!

Quand une solidarité plus intime et mieux comprise sera établie et pratiquée entre les hommes, que tous pourront profiter fraternellement de ce qui est à tous, qu'importera alors l'appropriation égoïste? N'aurons-nous pas assuré aux individus ce qu'il y a de seul digne d'envie, ce qu'il y a de meilleur dans la propriété?

La splendeur des monuments publics, la richesse des collections nationales, la beauté des promenades, tout cela sera tel qu'on ne pourrait le concevoir actuellement. Et qu'on ne me taxe point de rêveur fantaisiste, les faits du passé sont éloquents.

Lorsqu'un peuple a conscience de sa vie commune, lorsqu'il est pénétré de cette solidarité que nous espérons voir se développer superbement, lorsque tous les cœurs d'un peuple battent d'un seul battement, les chefs d'œuvre sortent d'une telle civilisation, fatalement et naturellement, comme des fleurs. Cela s'est vu en Grèce, au Moyen-Age, parce qu'alors le même idéal hantait les cerveaux.

Et dans l'avenir que nous espérons, comme dans ces époques du passé, l'art sera partout. Non seulement il formulera de façon magnifique l'élan général vers l'idéalité, mais il descendra aux objets usuels de la vie quotidienne, il accompagnera toutes les actions humaines. Il enveloppera toute l'existence dans ses manifestations les plus diverses. Il ne sera pas seulement le privilège de quelques riches, mais tous en seront imprégnés et heureux.

Il n'y eut pas en Grèce que les superbes statues du Parthénon et les merveilles de l'architecture ; les objets d'un usage courant furent empreints alors d'un caractère esthétique et nous admirons encore les monnaies, les nobles costumes, les délicieuses figurines de l'art populaire. De même, au Moyen-Age, il n'y eut pas que les cathédrales. Tandis qu'elles s'élevaient vers le ciel comme des mains jointes passionnément, toutes les industries d'art avaient atteint un développement incomparable. La tapisserie, la ferronnerie, les plus humbles métiers furent illuminés d'un reflet de la flamme esthétique.

Aujourd'hui, il en est tout autrement. L'organisation capitaliste moderne a supprimé presque tout élément esthétique de notre vie à tous et surtout de celle des ouvriers. L'art semble avoir divorcé avec la vie. Il s'est éloigné du peuple, raffiné, exaspéré en des complications douloureuses et sublimes. Au lieu d'être une onde bienfaisante, partout épandue et partout faisant germer le plaisir de la beauté, c'est devenu je ne sais quel breuvage concentré, que seuls des initiés peuvent savourer de temps en temps.

Tous les objets qui entourent l'existence du plus grand nombre sont laids et vulgaires. Ceux qui parfois s'occupent d'art le font comme si c'était quelque chose d'étrange et d'exceptionnel. « L'amateur, au sortir d'un musée, semble croire qu'il vient de traverser un monde spécial, et rentré dans la vie ordinaire, il n'a plus aucune préoccupation des lignes et des couleurs et de leur harmonie. Aucune protestation ne se lève en lui à la vue des rues uniformes et des maisons disgracieuses ; il ne souffre pas de la laideur de tous les accessoires de l'ornementation de la ville ; rentré chez lui, il ne songe pas qu'un caractère esthétique pourrait être donné à l'ameublement et aux objets usuels, au lieu de la forme veule et ignoble que leur donne une fabrication par milliers, soucieuse uniquement du bon marché. »

Cette situation là, nous espérons la voir refuser. Lorsque viendra la société plus fraternelle que nous attendons, l'art cessera d'être l'apanage de quelques-uns, pour se mêler, d'une façon constante, à la vie de tous (1).

Mais cet épanouissement merveilleux que l'on peut entrevoir dans l'avenir, il ne sera possible que dans une société transformée. Dans l'organisation capitaliste et anarchique d'à présent, semblables fleurs ne peuvent fleurir.

Je ne recommencerai point une démonstration fréquemment faite : comment voulez-vous que le prolétaire puisse s'éveiller à l'art alors que toute son énergie est mangée par un labeur excessif ? Comment voulez-vous qu'il prenne plaisir à sa tâche — ce qui est la condition nécessaire pour que le produit ait un caractère esthétique, à cette tâche de plus en plus spécialisée, de plus en plus mécanique, où sa personnalité a de moins en moins l'occasion de s'attester ?

---

(1) Voyez Edmond PICARD, *Socialisation de l'Art*, et surtout William MORRIS en ses divers écrits.

L'Art dans la vie courante. Possibilité d'une action gouvernementale esthétique

En attendant l'éclosion des formes nouvelles que ne manqueront point de provoquer les transformations économiques prochaines, les pouvoirs publics devraient s'efforcer tout au moins de ne pas accentuer encore les côtés déplaisants de la civilisation contemporaine. Ils croient avoir largement acquitté leurs obligations en créant dans les ministères une section administrative chargée du soin des beaux-arts. En dehors de ce petit coin réservé et spécial, il est presque paradoxal et ridicule de parler d'une tentative artistique quelconque. Le laid règne en souverain indiscuté. L'idée ne vient même pas aux multiples fonctionnaires préposés aux rouages de la machine nationale que leur influence pourrait être plus salutairement dirigée et s'inspirer d'ambitions esthétiques. Exprimez-leur cette réflexion et vous les verrez éclater de rire ou vous traiter en personnage subversif.

Il convient de répéter sans cesse que l'art peut et doit être partout, non seulement dans les musées et dans les ateliers, mais dans la rue, dans le paysage, dans les moindres objets de la vie ordinaire. Il peut tout illuminer, tout transfigurer, tout marquer de son empreinte ennoblissante et réconfortante. Répétons que les époques les plus heureuses dans la vie des peuples sont précisément celles où les plus insignifiants détails du décor quotidien avaient une allure esthétique. Si, au siècle actuel, l'art semble avoir divorcé d'avec la vie courante, la faute en est surtout au régime capitaliste qui, par les labeurs trop prolongés, la division extrême des tâches, la fabrication à bon marché, a étouffé chez les petits le sens du décor et a entouré la vie du pauvre de choses disgracieuses et laides.

Or ce qu'un gouvernement préoccupé des petits pourrait faire, ce serait de diminuer le plus possible, le nombre de ces choses disgracieuses et laides, de tout tenter, au contraire, pour procurer des jouissances d'art à ceux qui ne peuvent posséder dans leurs modestes demeures les œuvres des maîtres. L'enseignement inconscient qui résulte des objets rencontrés tous les jours est autrement fécond que les leçons d'académie. La rue moderne — et l'on sait combien elles sont déplaisantes le plus souvent —, la monnaie — on sait combien notre monnaie est veule et sans caractère —, le timbre-poste — nous avons les timbres les plus lamentables! — pourraient ainsi servir à l'incessante éducation artistique de la nation.

On pourrait préciser ces indications, en bien des domaines où leurs applications paraîtraient inattendues; bornons-nous à un exemple : les chemins de fer. Il dépend du Ministre des Chemins de fer de donner un aspect aimable, un caractère décoratif à des lieux et à des choses que rencontre quotidiennement l'existence de tous les citoyens.

Les grandes gares des villes, par exemple, offrent aux artistes d'admirables champs d'activité nouvelle. Ce sont là des monuments inconnus des siècles antérieurs pour lesquels une architecture inédite, appropriée à la destination, semble devoir éclore. Le fer, croyons-nous, y sera appelé à des applications imprévues et superbes.

Pour ces constructions si éminemment modernes, que l'on abandonne donc résolument les ordonnances pompeuses des styles grecs ou les complications pittoresques du style gothique, qui n'aboutissent qu'à de dérisoires anachronismes? Une gare est un édifice particulier au XIXme siècle et il est ridicule de vouloir la construire en forme de temple antique ou d'hôtel de ville flamand. Que le Ministre des Chemins de fer fasse appel aux jeunes architectes, aux chercheurs de neuf, à ceux qui pensent que le fer, la brique et la pierre peuvent chanter aussi des hymnes à la beauté, et qu'ils bâtissent pour lui, pour nous tous, des monuments grandioses, ou simples quand il le faudra, mais que les hommes futurs pourront venir admirer comme nous admirons les merveilles que sur notre sol fit surgir la grande période des communes!

Mais cela même ne suffit point. Appeler un architecte pour fixer la hauteur ou la forme des murailles et des toits, c'est bien ; mais il reste à faire des choses non moins importantes. Le corps nu, il faut le vêtir et, quand il sera vêtu, le parer. Cette besogne si délicate, on s'en soucie généralement fort peu. On la laisse à des entrepreneurs, à des artisans inférieurs qui travaillent séparément et dont aucune idée commune ne guide et ne coordonne les efforts. La nécessité de raisonner l'édifice jusque dans ses moindres détails, de composer un ensemble harmonique, on peut dire que jamais elle n'est comprise dans nos travaux publics.

La décoration est limitée généralement à l'ornementation des murs. Je voudrais qu'elle englobât, au contraire, jusqu'aux installations qui y paraissent le plus rêtives : le carrelage du pavement, les ferrures des guichets, les contours des banquettes, tout enfin, que rien n'y échappât, qu'à côté de l'industriel, du menuisier, du forgeron, de l'artisan, il y eût toujours la sollicitude de l'artiste. Il ne faut pas nécessairement pour cela des personnalités différentes ; si nos arts décoratifs étaient mieux enseignés, mieux encouragés, mieux cultivés, souvent le même individu réunirait en lui le sens de l'artiste et l'habileté de l'ouvrier.

Mais que nous sommes loin de telles eurythmies ! que l'on entre dans une des gares de Bruxelles, la gare du Midi, par exemple, tout y est sale, rébarbatif et misérable. La propreté, ce luxe des pauvres gens, est absolument dédaignée par l'administration des chemins de fer. Les murs ont été peints à l'huile, sans aucun souci esthétique, et la poussière et la fumée ont collaboré à l'œuvre odieuse. Que dire encore de certaines stations en province ? Il en est qui sont incommodes, délabrées et repoussantes comme des gîtes de bestiaux.

Certes, me dira-t-on, il serait très beau de construire de petits palais somptueux, mais qui payerait la note ? Je pense qu'il n'est pas plus coûteux de faire une chose utile, répondant bien à sa destination et relevée par une certaine ambition esthétique, que de faire la même chose déplaisante et laide. Et ce que je dis ici s'applique non seulement aux grandes gares, aux stations qui se trouvent en chaque village, mais à tous les détails de l'exploitation des chemins de fer, aux voitures qui composent les trains, aux étoffes, aux bois, aux cuivres, aux paillassons, aux chaufferettes, à tout. L'objection du surcroît de dépenses est la seule que l'on fasse d'habitude aux idées que je défends. A cet égard, les enseignements des écoles Saint-Luc sont probants. Je me plais à louer dans cet enseignement un principe excellent : démontrer qu'avec les matériaux ordinaires et nationaux, on peut faire, sans plus de frais, des constructions et des objets artistiques.

Quelles merveilles pourrait-on attendre, par exemple, d'une grande grande gare industrielle confiée à Constantin Meunier ! La façade, le hall d'entrée, les salles d'attente, l'intérieur de la gare, tout cela appelle des tableaux, des fresques et des sculptures. Ce que des cabaretiers ont fait pour des cafés luxueux, on pourrait le faire, je pense, pour les gares du pays ! Il est sans exemple dans le passé que de grands monuments où fréquentait le peuple soient restés sans œuvre d'art. Ne rompons point ces traditions salutaires. Parons les édifices publics. Mettons sous les yeux des populations qui s'y pressent de nobles et belles images qui seront mieux là, mêlées à la vie quotidienne, sous les yeux et pour la jouissance de tous, que dans la solitude de quelque musée ou le cabinet de quelque fonctionnaire.

Ne pourrait-on pas de même, égayer la banalité froide des wagons en y plaçant, sous verre, des dessins, des aquarelles, des estampes ou des photographies ? Il en est qui dorment dans des cartons au ministère, dans la poussière des greniers : pourquoi ne pas les faire sortir de ce sommeil obscur ? Pourquoi ne point les accrocher aux parois des wagons ? Pourquoi ne point y mettre, par exemple, de bonnes reproductions des œuvres qui sont la gloire de nos musées, ou des photographies de nos monuments nationaux ? Cela instruirait le voyageur, en le distrayant, et l'inciterait, peut-être, à de nouveaux voyages pour contempler les originaux.

Les innovations que je préconise paraîtront, à certains, saugrenues ; j'attends avec tranquillité que l'avenir me donne raison. Nous avons peine à comprendre, à présent, les conditions d'extraordinaire inconfortable : la fermeture des wagons à clef par exemple, dans lesquelles on a commencé à voyager ; de même, dans cinquante ans, la situation actuelle paraîtra de la barbarie pure.

D'ailleurs, ce que j'indique dans un but esthétique, les chemins de fer étrangers sont en train de le réaliser dans un but de réclame. En industriels bien avisés, ils ont compris la puissance de l'annonce par l'image séduisante et charmeuse. Depuis quelques saisons, nous voyons dans la tristesse de nos gares, s'étaler, pimpante, la joie des affiches coloriées. Ce sont de grands ciels bleus qui nous appellent vers l'Orient, des toilettes claires au bord de la mer, des costumes nationaux qui piquent notre curiosité, des abîmes entre des sapins et des pics neigeux qui nous mettent au cœur le désir robuste des longues ascensions!

De même les compagnies de navigation étrangères ont déjà fait de véritables merveilles. Il suffit de voir les grands paquebots qui font le transport entre l'Europe et l'Amérique pour constater quel confort et quel luxe on pourrait encore apporter à nos industries de transport.

L'Etat doit à l'Art la Liberté

De ce que nous venons d'établir, savoir que l'Etat méconnaît trop souvent, à l'heure actuelle, son devoir de contribuer au développement esthétique de la nation, il faut bien se garder de déduire des conclusions extrêmes. Attribuer au gouvernement le droit de diriger l'art serait tomber dans l'excès opposé. Tout ce qui est officiel devrait être le plus artistique possible, mais tout ce qui est artistique doit être le moins officiel possible.

L'art exige une absolue liberté. Toute contrainte le stérilise! L'Etat n'a que des devoirs vis-à-vis de l'art; il n'a pas de droits. Il doit essayer de servir la science et l'art, et non de s'en servir. Sous le régime clérical, nous avons vu maintes fois les encouragements et les subsides répartis non pas selon le talent, mais d'après les opinions. Ce sont là de coupables faiblesses contre lesquelles nous devons nous prémunir. Il faut rester assez tolérant, assez large, assez artiste pour savoir apprécier le mérite partout où il se trouve, même chez ceux qui l'emploient à combattre notre idéal.

Mais, lors même que des considérations politiques seraient étrangères aux récompenses de l'Etat, encore vaut-il mieux, pour lui, ne point essayer de donner à l'art national une direction déterminée. Quand il prétend choisir entre les écoles, l'Etat est particulièrement incompétent et risque de voir ses décisions réformées par le goût public. L'histoire de la littérature belge contemporaine fournit une démonstration piquante de ce que j'avance ici.

Les faveurs officielles, les influences de presse ou des salons, tout cela était autrefois accaparé par des médiocres. Je ne veux point insister sur leur médiocrité; ils nous servirent trop longtemps de têtes-de-turc, et la plupart sont morts à présent : paix à leurs cendres !

Mais tenus à l'écart par ceux-là, dédaignés par l'Etat qui les ignorait, déjà quelques artistes de plume grandissaient isolés. Il y avait André Van Hasselt, Octave Pirmez, qui avait des rentes et vivait retiré dans sa solitude d'Acoz, Charles De Coster, qui n'en avait point et qui mena une existence misérable et triste.

Pour celui-là, la réparation est venue. Il y a deux ans, on a inauguré à sa mémoire, au bord des étangs d'Ixelles, un monument où se dressent les deux héros de sa légende : la douce Nele et l'espiègle Uylenspiegel. Mais on ne peut s'empêcher de songer mélancoliquement qu'il eût mieux valu peut-être, au lieu de tant de bronze sur sa tombe, un peu de secours et d'aide autrefois. Il y avait Victor Arnould qui, plus tard, s'est adonné surtout à la politique, et déjà Edmond Picard, dont l'activité multiple s'est tournée principalement vers le Droit, mais qui, dans le domaine littéraire, impose l'admiration par son *Amiral* et sa *Vie simple*; et, surtout, enfin, Camille Lemonnier, qui s'était voué obstinément à la littérature en ce pays hostile et qui avait fait *Sedan (les Charniers)*, *Un Mâle* et *Le Mort*, ces livres qui, restent glorieux dans l'histoire de nos lettres nationales, et bien d'autres encore, lorsque le jury officiel chargé d'apprécier les publications quinquennales déclara qu'il n'y avait point lieu de décerner le prix.

Cette étrange décision fut le signal d'un groupement et

une petite revue où mensuellement écrivaient quelques fidèles de M. Lemonnier cria au scandale. Elle organisa un banquet — le 27 mai 1883 — qui marque pour ainsi dire le point initial du beau mouvement auquel nous avons assisté. A dater de ce jour-là, la jeunesse eût conscience d'elle-même et de sa force; elle se sentit décidée à poursuivre les rêves téméraires qu'elle avait faits.

Ces jeunes gens, qui avaient fondé la *Jeune Belgique* avaient formé le projet de faire de l'art pur, de la littérature en dehors de tout esprit de parti, dans un pays où tout alors était gâté par la politique et où un libéral ne pouvait avoir une idée sans qu'un clérical ne fut d'un avis contraire et où un catholique ne pouvait faire de la littérature sans être à son tour critiqué par les libéraux.

Ce groupe ardent réunissait des étudiants des universités de Louvain et de Bruxelles, des libéraux et des catholiques, mais surtout de jeunes esprits fiers qui méprisaient la politique. Ils voulaient écrire en cette belle langue française, si souvent odieusement trahie et défigurée. Ils voulaient combattre les médiocrités et les situations usurpées.

Dans cette campagne chimérique, ils étaient guidés par un jeune homme d'une intelligence charmante, d'une espièglerie élégante et spirituelle, Max Waller, que nous avons eu la douleur de perdre dès les premiers temps et avant qu'il eut donné tout ce qu'on pouvait en attendre. Disons aussi en passant que lorsque nous voulûmes honorer plus tard la mémoire de notre ami en allé, lorsque nous demandâmes à l'administration communale de Bruxelles, de placer son médaillon dans un parc public, elle nous répondit qu'elle regrettait ne pouvoir s'associer à cette manifestation d'un caractère privé. Voilà comment les Lettres sont ici comprises! Caractère privé, ce groupement de toutes les forces vives de la littérature d'art du pays, cet effort plus précieux et plus fécond pour la patrie que bien des manifestations politiques.

Dans cette *Jeune Belgique*, la première génération rassemblait Georges Eekhoud, le robuste romancier, le chantre de la Campine et des polders, à qui nous devons les *Kermesses*, les *Milices de Saint-François*, la

Nouvelle Carthage, distinguée l'an passé, par le prix quinquennal, des poètes qui ont forcé l'admiration des grands écrivains de France : Albert Giraud, aux vers sonores et magnifiques, Emile Verhaeren, étonnant et tumultueux; Iwan Gilkin et d'autres encore, et des prosateurs comme A. Goffin, Nautet, Demolder et Munbel !

A ce premier groupe, vinrent s'adjoindre de nouvelles recrues : le doux et racinien poète F. Séverin; Delattre, dont les contes frais célèbrent l'Entre-Sambre-et-Meuse; Olivier-Georges Destrée, Maurice Desombiaux, d'autres encore, et surtout Maurice Maeterlinck, dont la gloire retentissante et brusque dépassa celle qu'avaient pu acquérir ses devanciers et ses compagnons de travail. Il avait fait les *Serres chaudes* et la *Princesse Maleine* au milieu de l'indifférence opaque de notre public, toujours rétif à l'admiration d'un livre national, quand un journaliste français révéla au monde lettré le merveilleux artiste que nous possédions. Depuis vinrent l'*Intruse*, les *Aveugles*, *Pelléas*, et *Mélisande* et le nom de Maeterlinck n'a cessé de grandir. Traduites dans toutes les langues, ses œuvres ont partout excité de chauds enthousiasmes et c'est une chose curieuse à constater, et qui se vérifie aussi pour G. Eeckhoud et A. Giraud, je crois : nos écrivains ont plus de lecteurs pour les traductions de leurs œuvres que dans le texte original. Célèbres déjà à l'étranger, ils sont encore peu connus chez nous. La presse ne les soutient guère et s'occupe généralement avec plus de complaisance des livres français.

En dépit de toutes ces difficultés, les « jeunes belgique », aidés surtout de la *Société nouvelle* et de l'*Art moderne*, ont fini par atteindre leur but (1). Ces jeunes gens, dont on a tant raillé l'effort, ont donné à notre pays une littérature d'art qui lui manquait et le mouvement provoqué par eux continue avec une intensité admirable; car les quelques noms que j'ai pu citer ne constituent qu'une liste

---

(1) Pour plus amples détails sur notre littérature nationale contemporaine, voyez F. NAUTET, *Histoire des Lettres Belges d'expression française* et mon cours sur les *Ecrivains Belges Contemporains*, professé à l'Extension Universitaire.

bien incomplète; il y en a bien d'autres qui sont dignes d'attention, et je ne sais si, à l'heure actuelle, il y a un foyer d'activité littéraire comparable à la Belgique, s'il y a dans d'autres contrées de population égale, pareille proportion de jeunes gens soucieux d'écriture artiste, de réalisations esthétiques désintéressées.

Cette renaissance de la littérature, si intéressante et si remarquable, s'est donc produite en dépit et même en hostilité des encouragements officiels. Depuis quelques années, la situation s'est un peu modifiée et des prix, palmes et décorations ont été décernés aux littérateurs indépendants que l'Etat a cherché à couvrir de sa protection, afin de justifier l'utilité de celle-ci. Mais les récompenses sont un assez triste moyen de favoriser l'essor des lettres; le passé de 1830 à 1880 l'a surabondamment prouvé. Ce qui vaudrait mieux, ce serait un peu d'admiration vraie, un peu de compréhension spontanée chez les dirigeants. On ne verrait plus alors le roi Léopold recevoir en triomphateur au Palais le lauréat d'une course cycliste, et ne pas même s'inquiéter du lauréat d'un concours littéraire, proclamé la veille, de notre robuste romancier Georges Eekhoud! On ne verrait plus notre gouvernement s'opposer à ce qu'un gouvernement étranger honore, avant lui, nos artistes; on ne le verrait plus décerner ses croix après tant d'hésitations, tant d'incompétence et guidé par d'invraisemblables considérations!

Au Parlement, il a fallu l'arrivée des socialistes pour qu'un hommage convenable fut rendu à ce magnifique mouvement littéraire national. Ce jour-là encore, les chefs de la majorité cléricale firent preuve de la plus épaisse compréhension et de la plus piètre intellectualité. M. Woeste traita mesquinement Camille Lemonnier, et Maeterlinck eut les honneurs des ricanements de M. Cooremans!

Une des mesures vraiment efficaces à conseiller à l'Etat, c'est de conférer des emplois, à mérite égal, de préférence aux jeunes gens qui ont donné des preuves de talent. Ainsi, la vie matérielle étant assurée, ils peuvent consacrer leurs loisirs à la culture de leur art favori.

Conservation du patrimoine artistique collectif.

Après ces deux exemples opposés, l'un — chemin de fer — montrant l'absence d'une intervention artistique de l'Etat; l'autre, la littérature, montrant cette intervention maladroite et stérile, parce qu'elle avait cherché à régenter, examinons maintenant les attributions essentielles et primordiales de l'Etat en matière de beaux-arts.

Elles se résument en ceci : conserver et accroître le patrimoine national. La conservation concerne nos monuments, nos sites et nos œuvres d'art. L'accroissement comprend l'enseignement et les encouragements.

Conservation des Monuments

Les époques antérieures ont fait surgir dans nos provinces une floraison superbe de monuments : églises, hôtels de ville, beffrois, etc. Ce sont là des biens que les ancêtres nous léguèrent; nous en sommes plutôt les usufruitiers que les propriétaires; sous peine de barbarie et d'improbité, nous devons les restaurer, les entretenir et les transmettre intacts à nos descendants.

Ce devoir est généralement bien compris en Belgique. Chaque année des sommes importantes sont consacrées à cette destination et nous approuvons pleinement ces dépenses, même lorsqu'elles ont pour objet les monuments religieux. Je rappelle en passant que c'est le socialiste Vandervelde qui a insisté pour obtenir la restauration de l'église du Sablon à Bruxelles et la conservation de l'abbaye d'Aulne.

C'est la Commission des monuments qui dirige principalement ces services. Par suite de la prédominance des architectes, désireux surtout de reconstruire et de bâtir, ses avis ont parfois décidé des dépenses trop considérables et peu justifiées, car la restauration d'un édifice ou d'une ruine doit se borner à ce qui est strictement nécessaire pour consolider et maintenir l'ensemble. On doit conserver, le plus intégralement possible, l'intérêt pittoresque et historique; tandis que des réfections complètes ne sont souvent que l'occasion de permettre à un architecte de faire preuve d'habileté et d'érudition, aux dépens des contribuables et des monuments à restaurer. Les conseils que donne la Société protectrice des sites et monuments dans une de ses circulaires sont utiles à répéter :

« N'oubliez jamais que la réparation d'un vestige d'ancienne architecture, si peu important qu'il soit, est une œuvre à exécuter d'une façon tout à fait différente de la confection d'un travail nouveau. Le but n'est pas simplement de remettre l'ouvrage en bon état, mais de préserver et de conserver un spécimen des anciens arts du pays. Tout bâtiment ancien a sa valeur historique, et même, si vous croyez, à première vue, que son état exige sa réédification, ou que vous pourriez le reconstruire plus facilement en entier, n'oubliez jamais que toute sa valeur disparaît quand son authenticité n'est plus évidente. Votre devoir est non pas la réédification, mais la conservation. Prenez donc garde de ne point condamner à la légère un spécimen de l'art ancien, sous prétexte qu'il est hors d'état d'être maintenu. La destruction de toute œuvre ancienne constitue une perte nationale ».

L'intervention récente de l'Etat, quant aux ruines de Villers, n'a pas été l'objet de ces critiques. On peut dire, au contraire qu'elle a rencontré l'approbation unanime.

Les ruines de Villers comptent, en effet, parmi les monuments les plus remarquables de notre pays et Schayes, l'historien de notre architecture, dit que si l'on en excepte le chœur de l'église de Pamele (Audenaerde), aucun édifice religieux n'offre un type aussi parfait de l'architecture ogivale primaire la plus ancienne que les trois nefs de l'église de Villers. Il la signale comme la plus belle ruine du moyen-âge qui existe en Belgique, tant sous le rapport artistique et pittoresque que comme sujet d'étude pour la connaissance de l'architecture-romano-ogivale.

C'était grand dommage de les voir à l'abandon, après chaque hiver plus dévastées et plus ruinées. Aussi, si l'on peut regretter quelque chose dans l'action de l'Etat, c'est que cette intervention se soit produite si tard, Si l'on n'avait pas tant attendu — là de même que pour l'abbaye d'Aulne et pour d'autres ruines intéressantes — quelques centaines de francs eussent suffi quand il en faut à présent des milliers et la dépense eut été moins forte, et le résultat plus notable. Il serait à souhaiter que cette leçon nous serve pour l'avenir et que la sollicitude ministérielle devance l'opinion publique, qui souvent ne s'alarme que lorsque la destruction totale est imminente. Les travaux de Villers ont été poursuivis avec goût et distinction, sous la direction de M. Licot. J'ai constaté, avec grand plaisir, que, dans la limite du possible, on conservait les plantes et les arbres poussés au milieu des vieilles pierres et qui contribuent si puissamment à donner à ce délicieux coin du pays son charme poétique.

Conservation des sites.

Outre les monuments dûs aux mains des hommes, il y a ceux que fait la nature.

Un ministre des beaux-arts, digne de ce nom, doit veiller à la conservation des beaux arbres, des drèves séculaires, des paysages.

Il y a, en effet, sur notre sol belge, si varié, si curieux, si pittoresque, des coins de nature qui sont de véritables œuvres d'art. On les dirait disposés par un artiste supérieur pour enchanter l'humanité. Ce sont de petites vallées ombreuses et solitaires où une leste rivière babille sur des cailloux, ce sont des collines sauvages hérissées de rochers, ce sont de grands bois sombres aux arbres vénérables; on y est bien pour communier avec la nature, pour rêver à des temps meilleurs et se reposer des fatigues de la lutte quotidienne.

Ce sont là des trésors d'autant plus précieux et sacrés qu'ils sont à la disposition de tous, que les plus pauvres en peuvent savourer le charme et la beauté.

Or ces trésors, on les gaspille avec une impardonnable légèreté : qu'a-t-on fait de l'exquise vallée de la Molignée? qu'a-t-on fait de la vallée de la Lesse et de tant d'autres sites ravissants? Les ingénieurs ont passé à travers ces délicates merveilles de la nature comme des sauvages; ils ont tué les arbres, éventré les collines, bouché par de hideux remblais, les plus aimables perspectives ; puis, quand tout fut bien détruit, saccagé, au néant, ils s'en sont allés, sans même essayer de diminuer par des plantations nouvelles l'horreur de leurs massacres. Il faudra attendre que le temps vienne panser les blessures qu'ils ont faites à la terre. En 1888, M. Carlier, président de la société pour la protection des sites, interrogeait M. Beernaert sur le sort réservé aux paysages de la Lesse. L'honorable M. Beernaert lui donnait les assurances les plus satisfaisantes. On peut voir aujourd'hui ce que valaient ces assurances officielles.

C'était nécessaire ! me dira-t-on. Eh ! dans bien des cas, je n'en sais trop rien : il est de ces dévastations qui font vraiment croire que les fonctionnaires et les ingérieurs ont la haine des arbres et le mépris du paysage. Il faut se méfier d'un excès d'utilitarisme ; enlevez à un peuple tout idéal, vous aurez beau perfectionner sa vie matérielle, il ne tardera pas à crever d'ennui.

Je ne suis d'ailleurs pas de ceux qui méconnaissent les nécessités de l'utilisation moderne et j'ajoute que, même au point de vue esthétique, certaines transformations peuvent amener des impressions de beauté que nous ne soupçonnions pas et qui remplacent les disparues. Mais je voudrais que le mal indispensable fut réduit au minimum et qu'aussitôt accompli, on fît tout le possible pour le réparer. Si vous avez dû trouer la colline, cachez la blessure sous un manteau de ramures et de fleurs ; si vous avez dû édifier un remblai, jetez sur ses flancs la parure des frondaisons et des plantes sauvages ; partout où vous avez détruit la verdure, faites la renaître plus vivace : quelques centaines de francs pour acheter des graines, planter des arbustes, suffiraient. Ce que je signale est fort simple : le moindre horticulteur y penserait, mais les ingénieurs n'y pensent jamais !

Et tandis que les ingénieurs des chemins de fer saccagent ainsi nos paysages, ceux des ponts-et-chaussées enlèvent à nos routes, la verte parure de leurs vieux arbres. De part et d'autre, même dispersion d'agréments qui étaient à la disposition gratuite de tous, gaspillage du trésor esthétique des pauvres !

Depuis très longtemps déjà, tous ceux qui se promènent sur nos routes ont protesté contre l'abattage intempestif et désordonné des vieux arbres qui les bordent. Il se commet ainsi de véritables massacres. Il y a une vingtaine d'années, nous avions, au point de vue ornemental, les plus belles routes de l'Europe. Depuis, on a supprimé petit à petit tous les arbres ayant quelque valeur négociable ; on en a fait du bois et des planches, et on les a remplacés par de misérables allumettes. Parfois même, on ne les a pas remplacés du tout pour ne pas mécontenter certains riverains qui se plaignaient de ce que leurs champs fussent ombragés.

En agissant ainsi, on a peut-être donné satisfaction à de mesquins intérêts électoraux ; on a cédé à l'avidité des agriculteurs propriétaires, mais, assurément, on a vivement mécontenté tous les artistes et tous les promeneurs. Partout l'administration se conduit de la même manière. Elle ne respecte ni le texte formel de la loi (1) sur la matière ni les circulaires ministérielles les plus pressantes. Dès qu'un arbre a grandi et étale largement sa frondaison, on le coupe pour en faire des planches et des fagots. C'est au moment où il conviendrait surtout de le conserver qu'on l'abat, alors que la loi, plus sage que les ingénieurs, a pris soin de déclarer que les plantations au bord des routes ne sont pas des entreprises de rapport et des objets d'exploitation, mais constituent surtout l'ornement de nos voies nationales et doivent être, à ce titre, considérées au point de vue esthétique et non au point de vue commercial.

Conservation des œuvres d'art

Elles sont dans les musées, dans les églises, etc., spécialement quant à ces dernières, la surveillance de l'Etat est beaucoup trop faible. Le gouvernement clérical a laissé les fabriques d'églises disposer des œuvres d'art comme si

---

(1) Loi décret du 16 décembre 1811, art. 99; Circul. minist. 12 août 1893.

elles en étaient propriétaires (1). Pour avoir rappelé les droits nationaux au Parlement, et avoir protesté contre l'odieux et mesquin trafic que les bedeaux font des tableaux des maîtres, j'ai déchaîné une véritable tempête à droite, bien édifiante en vérité. On a parlé — naturellement — de la Commune, et j'eus ainsi l'occasion de réfuter une calomnie souvent colportée et répétée par M. Woeste : que la Commune voulait brûler le Louvre, comme j'eus aussi l'occasion de rappeler aux conservateurs les dévastations sans nom que commirent pendant des siècles les premiers chrétiens. Ce fut alors que M. Woeste, décidément mal renseigné des choses de l'histoire, attribua au calife Omar la destruction de la bibliothèque d'Alexandrie.

Quant aux œuvres d'art conservées dans nos musées, elles sont du moins à l'abri des profanations stupides des sacristains. Mais les fonctionnaires qui les veillent manquent souvent de compétence et toujours de zèle. Ils considèrent le musée comme destiné à les faire vivre, et oublient fréquemment qu'il est institué non pour eux, mais pour le public.

De ce que les collections publiques sont instituées pour le public — vérité qui paraît évidente, mais qui est souvent méconnue — découlent quelques conséquences.

D'abord, quant aux heures d'ouverture, ce sont les convenances du public, et non pas celles des fonctionnaires, qui doivent être consultées. Toute une campagne est menée en ce moment dans la presse parisienne (2) en faveur du musée du soir. Logique avec mon désir d'appeler les ouvriers aux jouissances et aux études d'art, je voudrais voir introduire chez nous cette innovation. L'éclairage électrique permet actuellement d'éviter tout danger d'incendie, ce qui était l'objection principale.

Seconde conséquence : C'est le public qui paye, c'est lui qui doit contrôler le mérite des acquisitions. Celles-ci

______

(1) Arrêté du 6 octobre 1815. Arrêt de la Cour de cassation du 11 novembre 1886. Voir ma brochure sur cette question.

(2) *V.* surtout les articles de Geffroy, et un article de la *Revue Socialiste*, avril 1893.

doivent se faire au grand jour; les conditions doivent en être connues. Il est à souhaiter que toute acquisition nouvelle soit placée pendant un certain temps en vedette; que le nom du vendeur, le prix, les particularités de l'achat soient divulgués; rien que cet usage, usité à l'étranger, ferait disparaître de nombreux abus. Les journaux spéciaux, l'*Art Moderne* notamment, en a signalé il y a quelques années, toute une série incroyable sur lesquels on n'a jamais pu avoir d'explication. Enfin, la presse devrait être informée par les conservateurs de toute modification, accroissement et changement.

Troisième conséquence : Un musée sans catalogue, sans étiquettes claires et précises, sans classement méthodique, est comme s'il n'était pas. Ceux qui sont préposés à sa garde s'y retrouvent, peut-être; mais le public s'y perd. Nul enseignement utile ne se peut recueillir d'un musée sans ordre et sans explication. Nos musées laissent beaucoup à désirer à cet égard. Par exemple les musées du Parc du Cinquantenaire qui pourraient être, si on le voulait, si intéressants et si utiles.

Quatrième conséquence : Aucun effort ne doit être négligé pour renouveler et multiplier les rapports du public avec les musées. Une pratique qui a donné d'excellents résultats en Angleterre paraît complètement dédaignée chez nous : il s'agit du prêt fait par des particuliers. Un amateur possède-t-il une œuvre remarquable, il la met pour un certain temps à la disposition des collections publiques. Elle y est l'objet de soins attentifs, et est restituée à son auteur à l'expiration du délai convenu. Ainsi, tous ont pu la connaître, l'étudier et en jouir. Le système est des meilleurs, mais il exige des fonctionnaires vivants, éclairés, actifs, soucieux des suffrages du public.

Lors de la discussion du budget des beaux-arts au Parlement, discussion extraordinaire faite en la hâte d'une fin de session, pêle-mêle avec les autres objets ressortissant à M. De Bruyn : agriculture et travaux publics, j'ai indiqué pour notre musée de peinture, pour le musée Wiertz, le cabinet des estampes, la Bibliothèque et surtout pour le musée du Cinquantenaire, une série d'observations qui n'ont pas été contestées et qui montrent toutes les modifications qu'il faudrait apporter en cette administration pour qu'elle soit à la hauteur de sa tâche. On me permettra de renvoyer à ces discours le lecteur curieux de détails.

Accroissement du patrimoine artistique national

Mais l'action de l'Etat se présente encore sous un autre aspect. Non seulement il conserve, mais il s'efforce d'accroître nos trésors d'art, et cette intervention se manifeste sous deux formes principales : l'Etat consommateur, l'Etat éducateur.

Comme consommateur, l'Etat commande ou achète aux peintres, aux sculpteurs, aux musiciens des œuvres. Il le fait seul ou avec le concours des communes ou des établissements publics. Des sommes importantes sont mises, chaque année, à la disposition du ministre à cet effet et celui-ci les administre à peu près comme il l'entend. Ces dépenses valent donc ce que vaut le ministre ; si c'est un homme de goût, s'il ne s'inspire que de considérations artistiques, il peut faire ainsi beaucoup de bien et avoir une salutaire influence. Sinon, s'il est incapable ou s'il se laisse guider par des préoccupations politiques, les deniers publics seront prodigués en vain.

Un mode d'encouragement à recommander, c'est la mission à l'étranger. Il est trop peu usité en Belgique où le fonctionnarisme sommeille dans de quiètes routines. On devrait confier de telles missions, non pas à des fonctionnaires déjà pourvus, mais à de jeunes gens, artistes ou littérateurs ayant déjà donné des preuves de talent. Si l'on envoyait quelqu'un étudier les musées étrangers, il pourrait en rapporter d'excellents enseignements. Les musées anglais notamment poursuivent une foule de précieuses améliorations de détail à introduire chez nous. Ruskin a suscité de véritables modèles.

Enfin l'Etat enseigne, l'Etat a des écoles de beaux-arts, des académies où l'on fabrique ou plutôt où l'on croit

pouvoir fabriquer des artistes. Il y aurait maintes choses
à dire au sujet des académies des beaux-arts, des conser-
vatoires de musique, de l'art dramatique, mais le sujet est
trop vaste pour que je m'y aventure en cette brochure.
Je puis cependant indiquer dès maintenant combien mes
sympathies sont plutôt à un enseignement d'art appliqué,
d'art industriel. Je suis persuadé que l'enseignement pro-
fessionnel est plus utile à notre classe ouvrière, à la régé-
nération des métiers et du goût de l'artisan et même à
l'art dans sa plus haute acceptation, que toutes nos académies et écoles de beaux-arts.

Foi catholique et foi socialiste

Ce qui a fait la grandeur de l'art chrétien, c'est la foi
chrétienne. Lorsqu'un sentiment profond soulève l'âme
humaine, il la rend capable de grandes expressions.

Une autre foi pourra faire naître une nouvelle éclosion
d'art. Aujourd'hui la foi catholique décline, l'art catholique disparaît. Je ne suis pas seul à l'affirmer ; je pourrais
apporter en témoignage les constatations désolées des
écrivains catholiques eux-mêmes. Je pourrais citer un
chapitre entier d'un terrible volume de Léon Bloy ; je
pourrais citer l'abbé Charbonnel qui vint naguère dire aux
cléricaux belges quelques vérités esthétiques avec l'indépendance que met parfois l'abbé Daens à leur dire
quelques vérités politiques. Je me contenterai d'une
autorité moins révolutionnaire et citerai l'abbé Moeller :

« Il ne suffît pas pour faire une statue ou un tableau
représentant, par exemple, la Mère de Dieu — je parle
bien entendu d'une œuvre d'art — il ne suffît pas, dis-je, de
peindre ou de sculpter une femme quelconque, de lui
mettre dans les bras un bébé quelconque et de placer au
dessous cette inscription : « Sainte Vierge Marie, priez
pour nous. » Telles ces caricatures grossières et ineptes,
façonnées par de vulgaires et infâmes sculpteurs qui
souillent nos églises modernes ! Ce n'est pas de l'art cela !
c'est la profanation de l'art ! J'ai la mort dans l'âme quand
je vois nos temples déshonorés par la présence de ces

misérables statues de saints et de saintes qui s'œuvrent actuellement, non dans des ateliers d'artistes, mais dans des fabriques de mannequins. Elles ont une physionomie stupide, un air sentimental idiot, elles regardent bêtement le ciel, elles sont laides à faire pleurer ! Le seul moyen de ne pas perdre toute dévotion à l'objet qu'elles ont la prétention insolente de représenter, c'est de fermer les yeux pour ne point les voir. Bien loin d'inspirer l'enthousiasme pour l'idéal religieux, elles en donneraient la nausée ».

L'art catholique se meurt donc. Pourquoi? Parce que la foi s'en va. Les mieux intentionnés parmi les esthètes catholiques essayent de ressusciter un art disparu, de recommencer des formes épuisées. Rendre la vie à un cadavre serait plus aisé. Eux, se tournent désespérément vers le passé; nous, nous en appelons avec confiance à l'avenir. Chez nous, on trouve encore des croyants. Chez nous brûlent des âmes ardentes passionnées pour l'apostolat et la propagande, comme jadis chez les premiers chrétiens. De ces ferveurs, comme des leurs autrefois, sortiront des expressions d'art nouvelles. Et que ceux qui seraient tentés de sourire de ma prophétie veulent bien se rappeler que l'aube seule de socialisme se lève sur le monde, au milieu — comme il y a des siècles, le christianisme — des sarcasmes, des ignorances, des persécutions et que lorsque les premiers chrétiens, de leurs mains pieuses et gauches, griffonnaient sur les murs des catacombes d'informes rébus, on ne pouvait prévoir que ces rudimentaires essais seraient un jour suivis des incomparables merveilles de l'art roman et de l'art ogival.

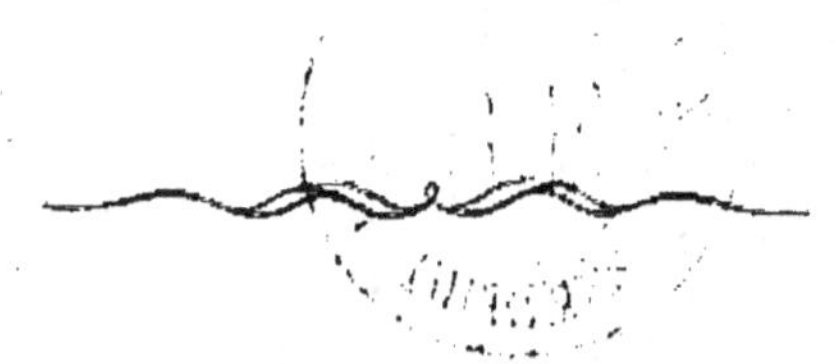

9 782013 677882